愛しのスーパーゴムボール

海士部 伸子

文芸社

愛しのスーパーゴムボール

針で刺された
風船のように
人をおどかすことはない
針をも
がっちり 受け止める

叩きつけられた石のように
もろく割れたりなんかしない
叩きつければ つけるほど
とんでもないほど 跳ね返る

らくがき されても
汚なくされても
真まで汚れることはない

どんなとこでも
コロコロ 転がる
水に入れば プカプカ 浮かぶ
無駄な抵抗もせず
好きなだけ 無理な力も入れず
踏ませておいて つぶさせといて
こっちが疲れた頃でも
ケロっと元気
文句一つ 言ったりしない
いつもカラフル
あいきょう あって
何だか とても 癒おし!!

のぶし

目次

愛情リレー

恋は晴れたり
曇ったり…

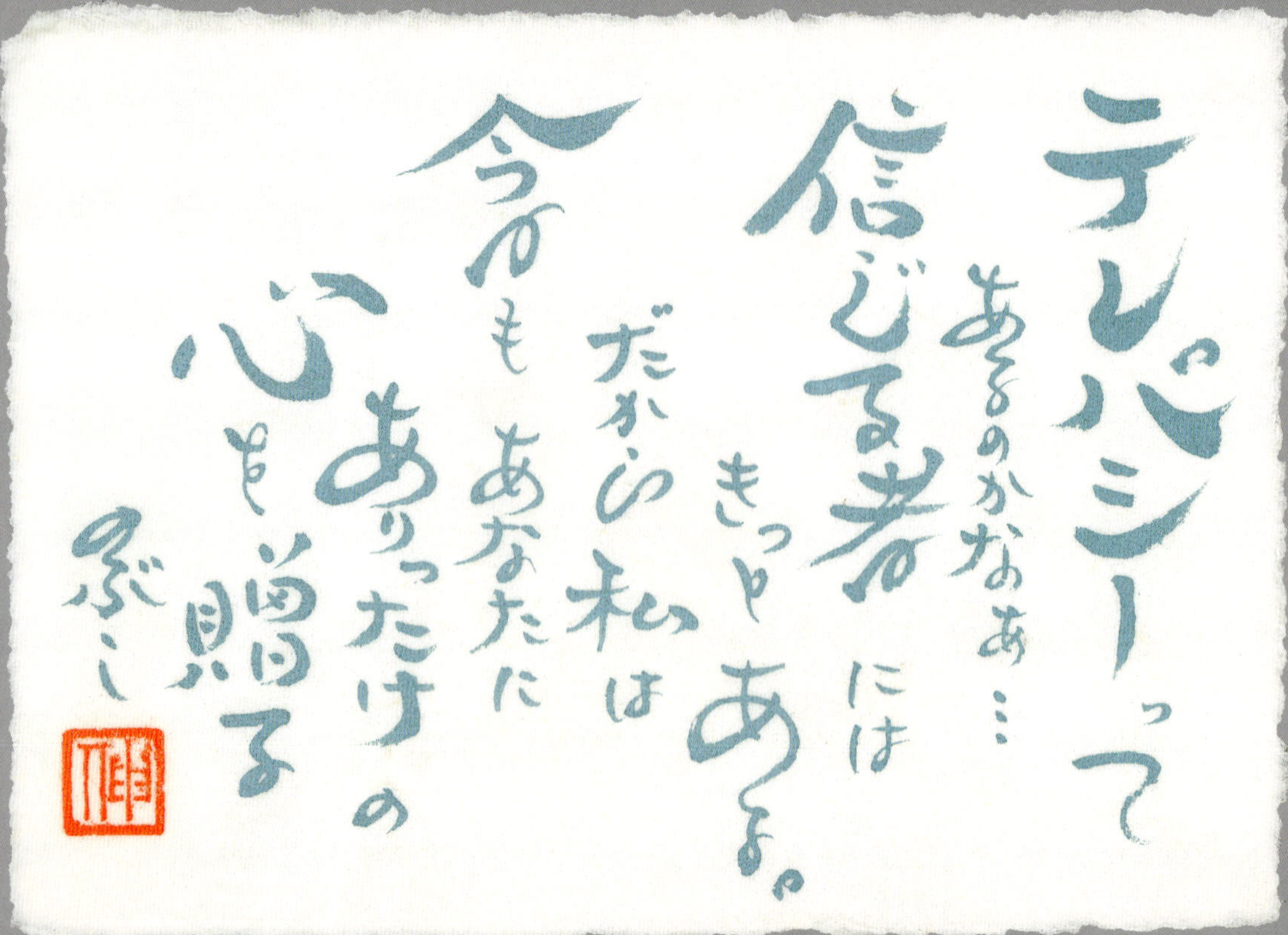
テレパシーって
あるのかなあ…
信じる者には
きっとある。
だから私は
今日も あなたに
ありったけの
心を贈る
のぶこ

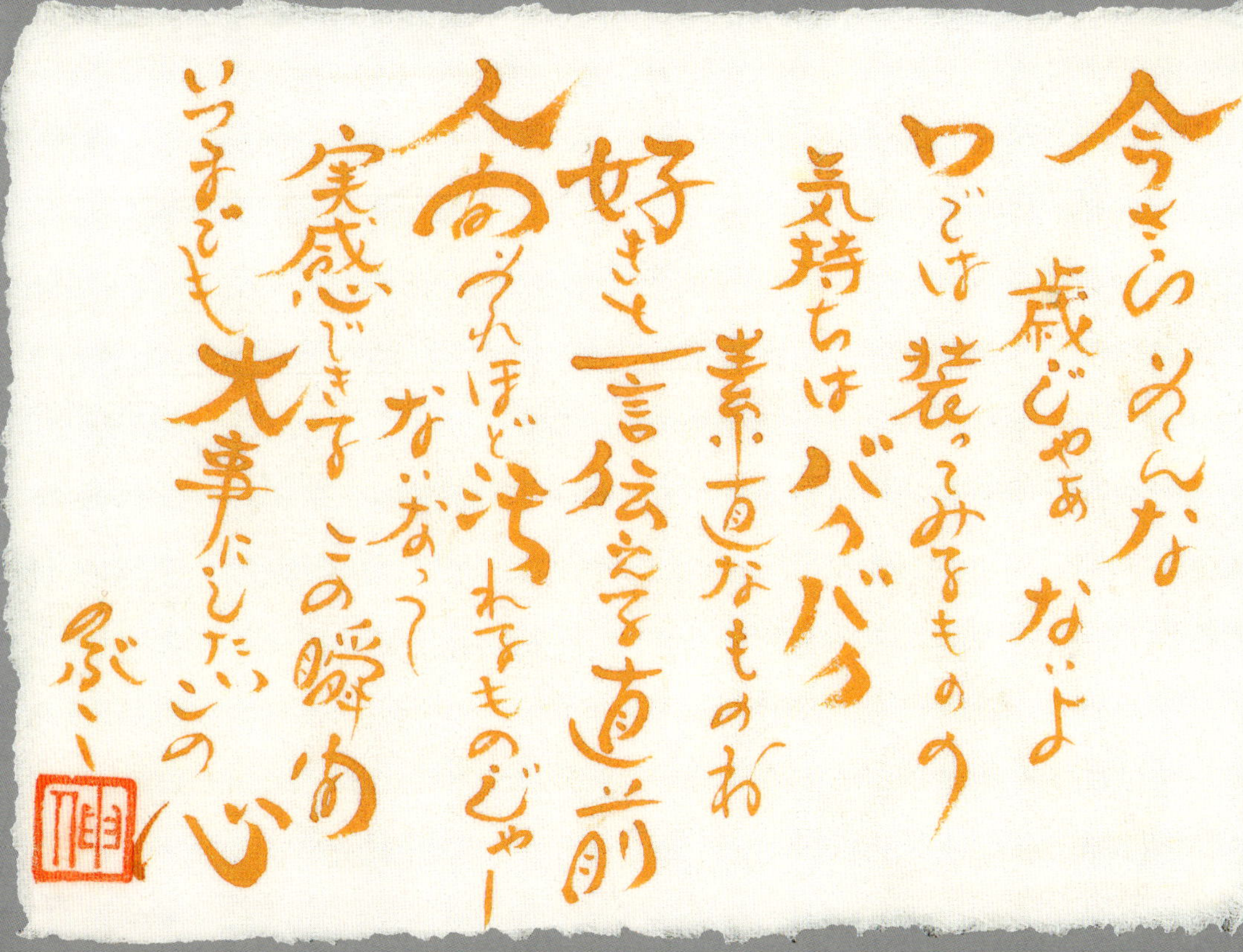
今さらみんな
歳じゃぁないよ
口では装ってみるものの
気持ちはバラバラ
素直なものね
好きと言えず直前
人のそれほど汚れるものじゃー
なぁなって
実感できる この瞬の
いつまでも大事にしたいこの心
ぶ〜

そりゃ〜こんな歳だもん
ちょっとはキズもってますよ
それでも
安売りなんかはしないよ
傷も素敵な
模様だからね
その事わかってくれる人なら
是非是非
手にしてみてほしい
絶対損はさせないからさ
指切りゲンマン
したっていいよ

ろぶし

一人でさくのは
つまらないから
そう言って
私のとなりに
あなたを置いた
あなたは
神様からの
贈り物
大事にだいじに扱わないと
いつかバチが当たるよね

えっうそっ!
えっホント!?
えっあっごーい!!!
一つめ〜えーっ
見つけてどんどん
好きになる〜
あなたは
魅力の宝箱

のぶ〜

ゆっくり寝させてあげたい!!
と心の底から思うのだけど
そのまた奥から
"ごめんネ、
やっぱり会いたいの…"
みんな気持ちが
ふき上げてくる
あなたのペース
乱しちゃ駄目って
頭じゃ
わかっているんだよ
頭じゃネ…

のぶし

むせかえるよな幸せ感
「みんなの長くは続かないわよ」
冷めた事言う大人がいるけど
まぁ見てなって
一般的に…なんて言葉は
一部の人の為にある
万人に絶対通じるものなんて
世の中そうはないものよ
私は私の幸せを
つかみ続ける

のぶこ

寝不足なのよね
このところ
私一人じゃないと思うよ
こんなこと
いつかな まだかな
あなたからの電話待ち
電話しちゃえば
済むことなのだね
私の方から…
のぶこ

幸せが
ギリギリ
一杯詰まってる
いくら
幸せだからって
今、これ以上はいらないよ
だって器の大きさ
決まってるどす

のぶこ

遠慮しないで
ガツンとやろうよ
そりゃあちょっとは痛いけど
それもタマなら
いいんじゃないの？
何があってもへっちゃらよ
言って聞く耳持ってません

のぶし

勢い込んで引き金に
拍車をかけたはいいけれど
引くタイミングの事
忘れて大
それじゃあ
狙った獲物も逃げちゃうよ
一歩ズレたら
撃ち殺したりもしちゃうし※
天よがりの勢いが
相手を殺すなんて事
結構よくある話じゃなな～い?。

のぶし

いつも
いつも
すれ違い
逃げれば 追われ
追えば 逃げてく
いつか バッタリ
向き合う時が
二人に
やって来てめかなあ

のぶこ

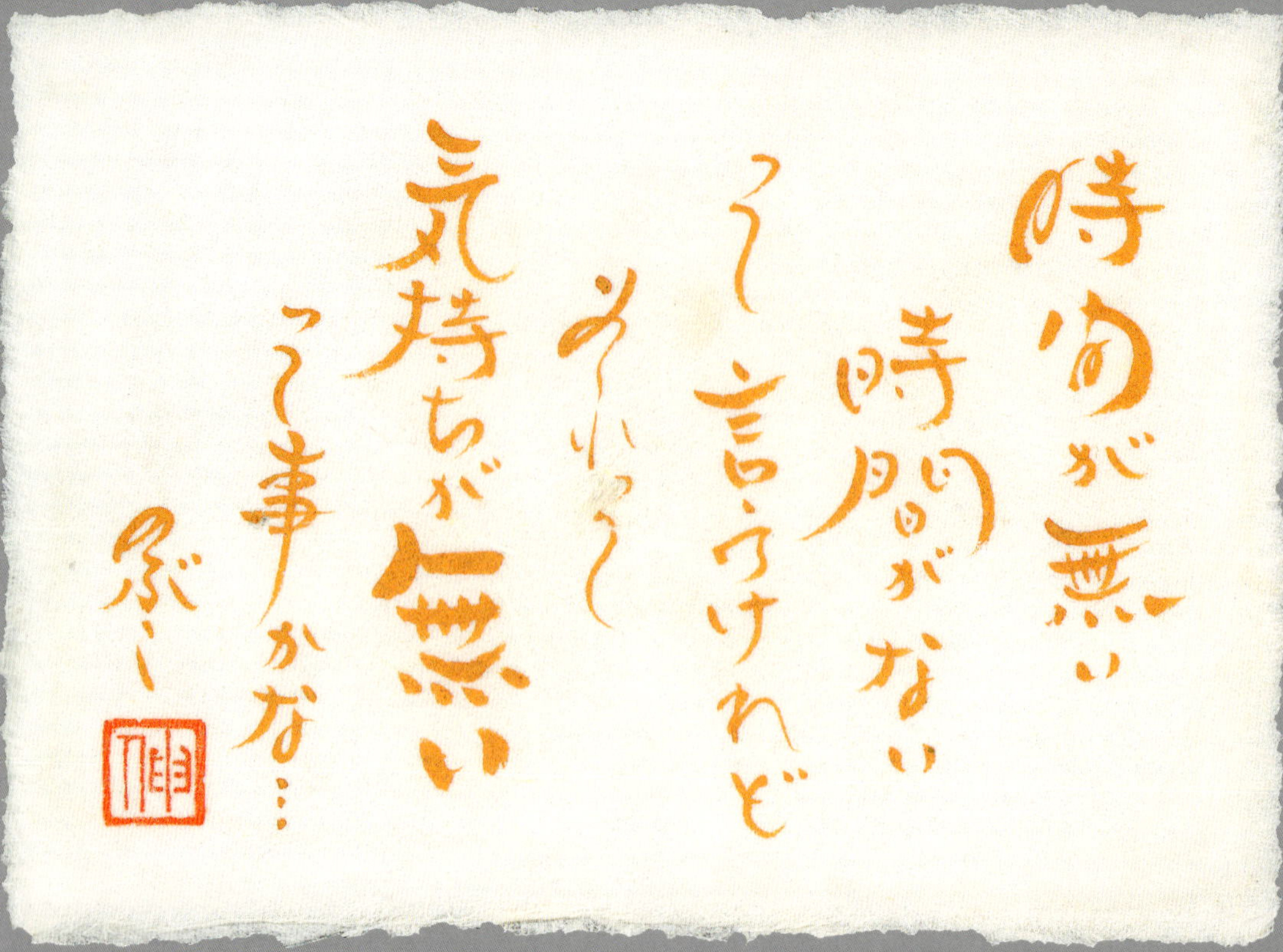
時間が無い
時間がない
って言うけれど
それって
気持ちが無い
って事かな…
のぶし

ゴチャごちゃ
ツラツラ
きれい事
わかた
もういい
要は
他に好きな娘《こ》
いるんでしょ
やぶし

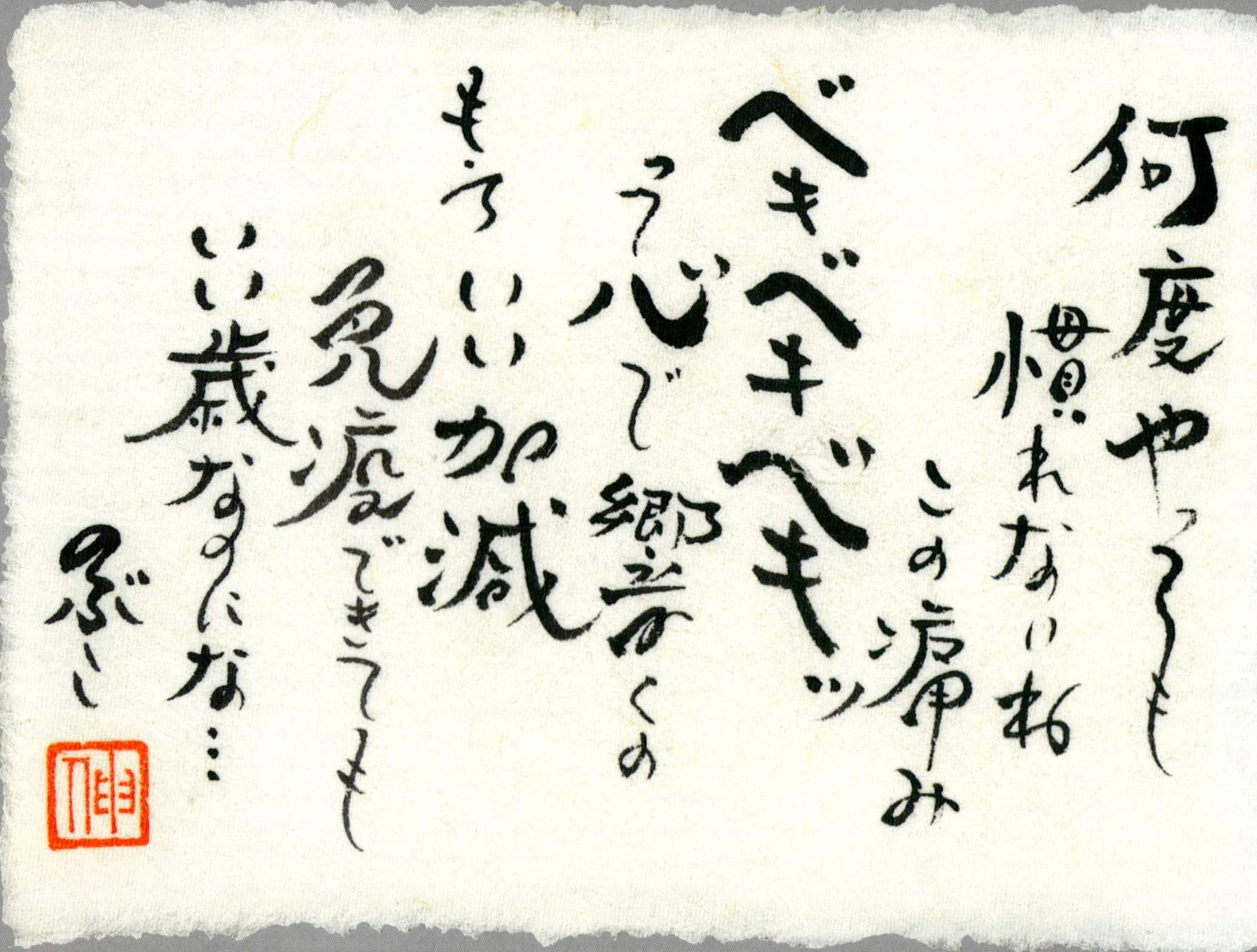
何度やっても
母 慣れないね
この痛み
ベギベギベキッ
う心で響くの
もういい加減
免疫できても
いい歳なのにな…

あ〜あ…

は〜あ…

無駄遣い？

溜め息め？、

わかっちゃいるけど

止められないの

今だけ 許して!!

のぶし

こんなことって
あるのね
初めて会った
はずなのに
あっこの人!
って感じる瞬間
のぶこ

この頃、
よく 出てくるネ
あなた
私の夢の中まで
私のことを呼んでるの？、
違った！、
私が あなたを
呼んでいるんだ

のぶこ

あなたを
観てると
身体のオクが
ガクガクっと
震え出す
言葉にならない
感動が
心の奥から突き上げる

のぶこ

いかりの横で
悲しみの後ろで
喜びの前で
いつも一緒に歩いてくれる
みんなあなたと
いられる人生
さぞかし
楽しい人生だろう

人生

晴れたり 曇ったり

人はふったり ふられたり

人生変化が多いほど

味わい深くなってゆく

なんにもなくても 一度の人生

いっぱいあっても 一度の人生

変化は価値ある人生の

大事な大事なスパイスかもネ

時には甘く 時には辛く…

のぶ〜

心がこころを呼び
こころが心を呼ぶ

あなたの好きという気持ちは
きっとだれかのこころにも
好きという気持ちを生む

あなたの嫌いという気持ちは
きっとだれかの心にも
嫌いという気持ちを生む

心はいつもあたたかく
持っていたいね

のぶこ

エールと檄《げき》は
紙一重

デコやボコは
ピース《平和》の個性
誰かの凸は 誰かの凹が
受けとめる
誰かの凹は、誰かの凸が
補うものよ
凸は凸 凹は凹 それで十分
それが大事
凸が凹に
なったりすると
パズルは永久《とわ》に
完成しない

凹がどこかに
なくなっちゃったら
パズルは永久《とわ》に
完成しない
すべての凸と
すべての凹が
上手に個性をつなぐから
ピースがどんどん増えていく
出来たパズルの仕上がりは
みんじょみこらの
形じゃないよ
ちょっと見てみて
不思議なパズル
世界に一つの立体パズル

のぶこ

うまいへた
できるできんの
品評会
人はみんな
もんじゃない
自分の
努力
輝きは
自分が
一番
知っている

のぶこ
伸

ぶさいくだっていいじゃない
いくらキレイであったって
途中で止めたのは単なるガラクタ
自分で手掛けた作品が
一つの形をみたのなら
それは立派な自信作
一通り まずは自分一人で
仕上げることが
価値あることと
思うんだけど…

のぶこ

ときどきさ
こんな事って あるんじゃないっ?
あれ私、こんな事ができる人?
案外 自分ってしらないものね
自分の事も知らないクセに
所詮 人を知るなんて
他人が出来る事じゃない
だから 好きとか嫌いとか
人にモノサシ あてがうなんし
どう考えても おかしな話よ
ぶし

ねぇねぇ、
あなた私に言ったよねぇ
私ぃホントに没個性ってさ
何言ってんのよ
みんなが
あなたの
超～個性って事
自分が気づいてないだけ
何も心配いらないよ

ぶー

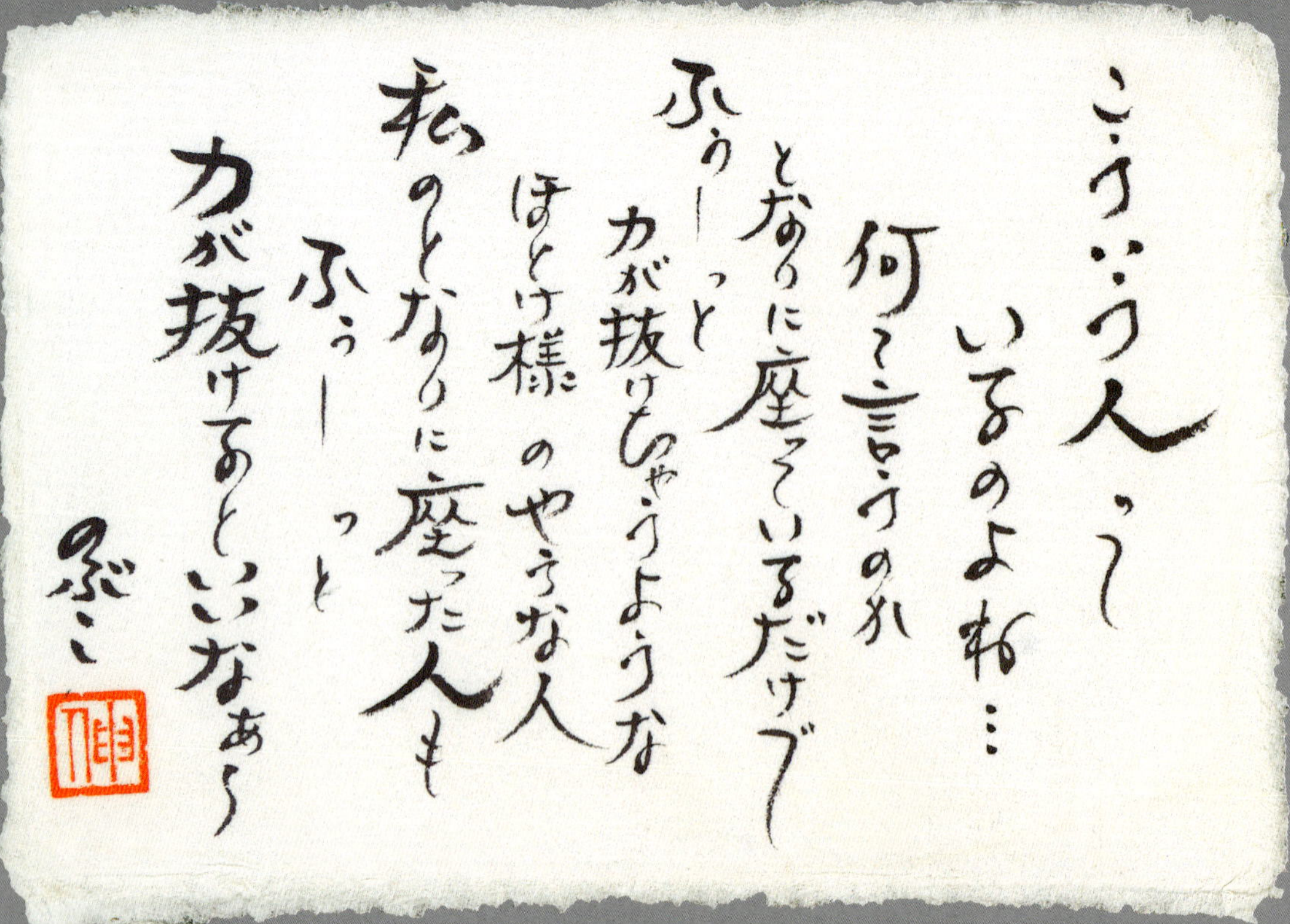
こういう人って
いるのよね…
何て言うのかな
となりに座っているだけで
ふぅーっと
力が抜けちゃうような
ほとけ様のような人
私のとなりに座った人も
ふぅーっと
力が抜けるといいなあ～
のぶこ

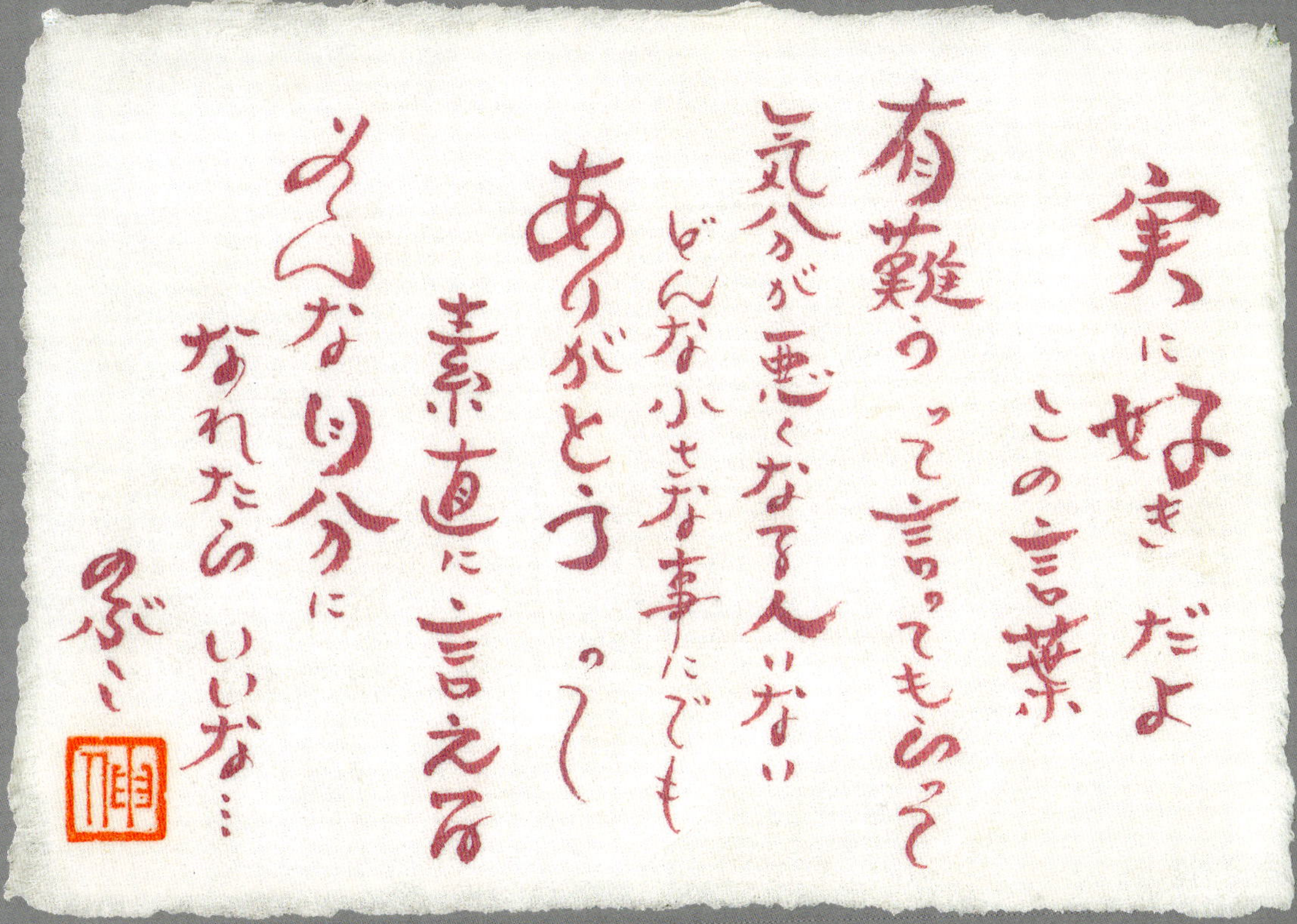
実に好きだよ
この言葉
有難うって言ってもらって
気分が悪くなる人いない
どんな小さな事にでも
ありがとうって
素直に言える
そんな自分に
なれたらいいな…
のぶこ

国境とやらを
越えるたび
頭の中が
むにゅムニュと
柔軟性
増してゆく
そんな感じが
あなたの魅力

のぶし

私は知ってる
あなたの秘密
ふた～つ
教えてくれたっけ
かなうといいね
かなうよ
きっと…
ここでお祈り
しといてあげる

ぶい

毎日毎日
やっても
やっても
軌道修正
いくつになったら
修正しなくて済むんだろ？
私の人生…

のぶこ

バーンと決断
そこから始まり
それで終わっちゃ
何にもならない
そのあとジリジリ
地道に努力
そのうち
いいこと
あるかもよ

のぶこ

日頃 気にかけてもらえない あし
でもみんなは 今まで
自分を支えてくれたもの
みてこれからも
自分を支えてくれるもの
あしを
見せたがらない人がいる
なぜだろうか
魚の目、タコ、イボ、黒ずみ
人よりちょっと大きな具
イヤいや違ったワザイあし
そんなことは
とるにたらない

人の数だけ あいがあり
人と違って あたりまえ
あいには 自分の歴史が ある
自分を支えてくれたもの
はずかしいもので
ある はずがない
自信を持って あいを見つめる
いつも あいに 磨きをかけたい
大地を踏みしめ 前進すれば
キズも出来るし 汚れもする
あきずに こりずに 洗ってやりたい
本当に はずかしい こと
自分で 磨いてやらない あいを
人に平気で見せること

のぶこ

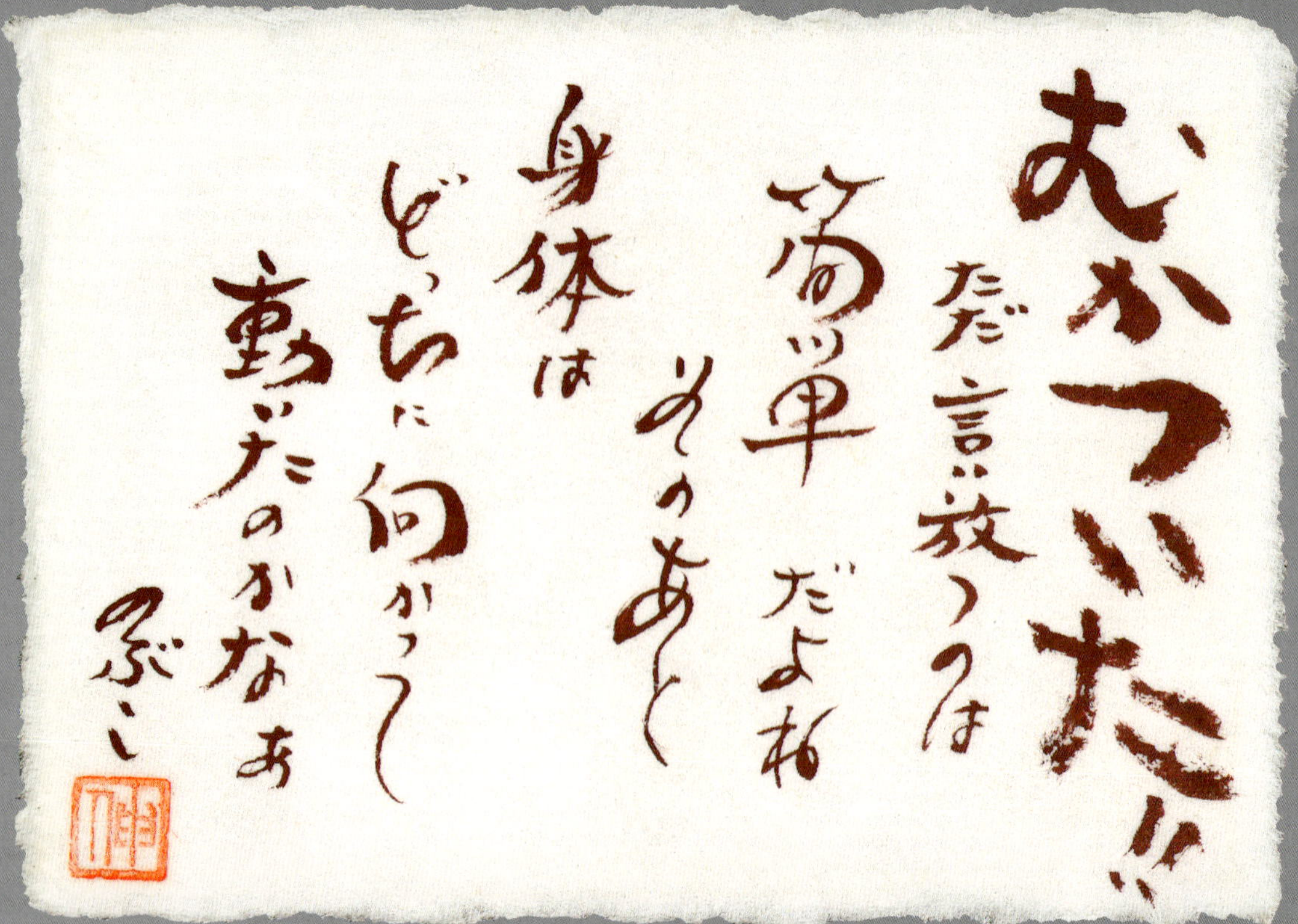
わかった!!
ただ言い放つのは
簡単だよね
そのあと
身体は
どっちに向かって
動くのかなあ
のぶこ

自由は
ふわふわ
軽いから

責任という
ズシンと
身体にのしかかる
おもりで

バランス
保つのよ

ぶし

何ていうのかなー

一口かじっただけじゃーさー！

本当のところ

よくわかんないって思うんだ

ミツはあったの？ 虫は食ってた？

奥のオクまで観てもないのに

こりゃイケる
こりゃ駄目だって

あんた そんなに

モノ 知ってんの？

のぶこ

聞いただけじゃダメなんだ
見てるだけじゃダメなんだ
口ばっかりは雑音だ
あんたいいモノ持ってるじゃん
その手ちょっと使ってみなよ
その後ちょっと嗅いでみな
その後ちょっと舐めてみる
そうして初めて頭ん中が
クルックルックルッと回り出す
全てが混ざって溶けた後
口からポロンと何かが出てくる
今出て来た音すごく
響きがいいみたい
あんたの声の音だからかなぁ…
それなりだけれども文句はいわない

のぶ

違う違うよ!!
あんた いつでも
こんな人を
首振ってるけど
それじゃ
どんな人だったら満足?
今いる ここが あんたの
人生なんじゃーないの
日でツラツラ理想の人を
だれでも口まね出来そうね
自分が立ってるこの場所が
実は優待席だってこと
気づけば
ジックリ腰据えられるかも

のぶし

残念ながら
あんた一人 いなくたって
時が過ぎれば 物事は
不思議と解決していくものよ
肩のちからを抜いてみな
ポンッと 吐いた一言が
カビの入った常識のカベ
意外とこわして
新たな世界 まんだりしてね
すごいよって すごくない
別にあんたは有能じゃない
すごくないよって ものすごい
別にあんたは無能でもない
だから人は愛し合う

のぶこ

だれが決めたのそんなこと
やってみなくちゃ
わかんない
そりゃあ上がミと言うモンよ
やったらイイじゃん
あんたもサ
そんな所で 座ってないで
動けば意外に簡単かもよ
頭ハいデッカチ サボりぐせ
あんた 生きた化石になるよ

のぶこ

心配ないよ
他人はね
あんたが
意識してるけど
実はあんたなんか
見ちゃいないから
思ったように動いてみたら?

のぶこ

金があったら才能あったらに
だらたら タラったら うるさいよ！
所詮 そんなん 夢物語
言ったところで何になる
目に映る 今を丸ごと受けとめる
黙ってジーッと目をそらさずに
今の現実 見据えていれば
そのうち見えるよ器の大きさ
小さな器にドッサリ入れても
結局あふれて出てくだけよ
うまいことみになってるもんよ
くやしかったら器の大きさ
デカクするしかないんじゃないの？

のぶこ

「だって今までそうだったの」
「だってみんなそうだもん」
みんなムキになるなって
変わる事ってそんなに怖い？
前と違っちゃいけないの？
人と違うといきられないの？
過去や人に捕われて
だれかが与えてるエサ食べて
かごの中からピーチク
パーチク
外に向かって騒ぐだけ
ただ一度かごから出てみな

のぶこ

冷めた事言う様だけど
そんなモン結局だろう
めんときゃ惜しんでくれるけど
去ったらサッサと記憶の外よ
人は現金無責任
やめた方がイイと思いつつ
人の言葉に振り回されんの
無形の所属に恩感じるの

のぶ

どうして まどわされるの？、
人が
良くない！と言ったからって
どうして あきらめてしまうの？
人が
やめろ！と言ったからって
結局
あなたは何がしたいの？

のぶこ

私は私、人は人。
そればっかりを言ってると
気づいた時には
一人ぼっちになってたりして
かと言って
人の言動ばっかり見てたら
気づいたときには
自分が無かったりして
なかなかね一筋縄じゃ
いかないみたいよ人生って

のぶこ

世の中変になってきた
人の心が寂しさに
ジワじわと占領され始めてる
外から見えない心はやっかい
あちこちでピーピーピー
こっちでピーピーピー
人が人を求めてる
なのに目と目も合わさずに
互いの心をまさぐり合って
なんとか自分をなぐさめてる
なんて虚しい光景だろう
なんて変な世の中だろう

のぶこ

自分を愛せない者が
どうして
他人を愛せるか
自分を愛して
いない者が
どうして他人に
愛して
なんて言えるのか

のぶこ

人に対する
優しさが
実は
自分に対する
甘え
の表れだったりしてね
本当の優しさ
とは何か。

そんな甘いよ！ャ
おやまたずい分厳しいね
あんた これまで 自分に
そう言い聞かせてきたんでしょ
それって確かに強いかも…
でもサホラ、みんながそんなに強くはないから
あんたにとっちゃー甘えた悩みも
今のあの子にゃ超〜悩み
甘いっ！ャと一喝したところでサ
ズキリ するのは あんた だけ
その子は ますます 悩んじゃう
悩みを解決するのはね
他人の喝じゃあないみたい
ふーん。
そっかぁ。そうなんだ〜。
結局 他人が出来る事って
そんな事かもしれないね
のぶこし

ちょっとの頑固と
ちょっとの愛だから
頑固のこぶしを
握りつぶせば
それであんた
満足するの
手の平は開いて
人と手つなぐためにも
あるんだけどな
のぶし

みんなダメだ！
言った言葉に
責任持てる？
批判の言葉はいらないの
今、欲しいのは
具体的な
解決策なの

のぶこ

そりゃあ イヤだよ
だれだって
みんなに言い返されりゃーさあ
あんたズルイよ
それって
わかっていながら言ってるもん
知ってるんだよ
あとから来るイヤな沈黙
あんたいつでも後悔してるの
だったらひげーして
選ばないのよ
人に一番優しい言葉を

のぶこ

「ゲッ、
何あれ
ヘンッ!!
信じらんな〜い」
あれって
あんたの中の
常識だよね
のぶこ

あんたの為なら
どんな無理でも
負ったげる
あんたの為なら
一円だって出したかないネ
同じ心が感じてる
どういう人が
そんな気持ちにさせるのだろう

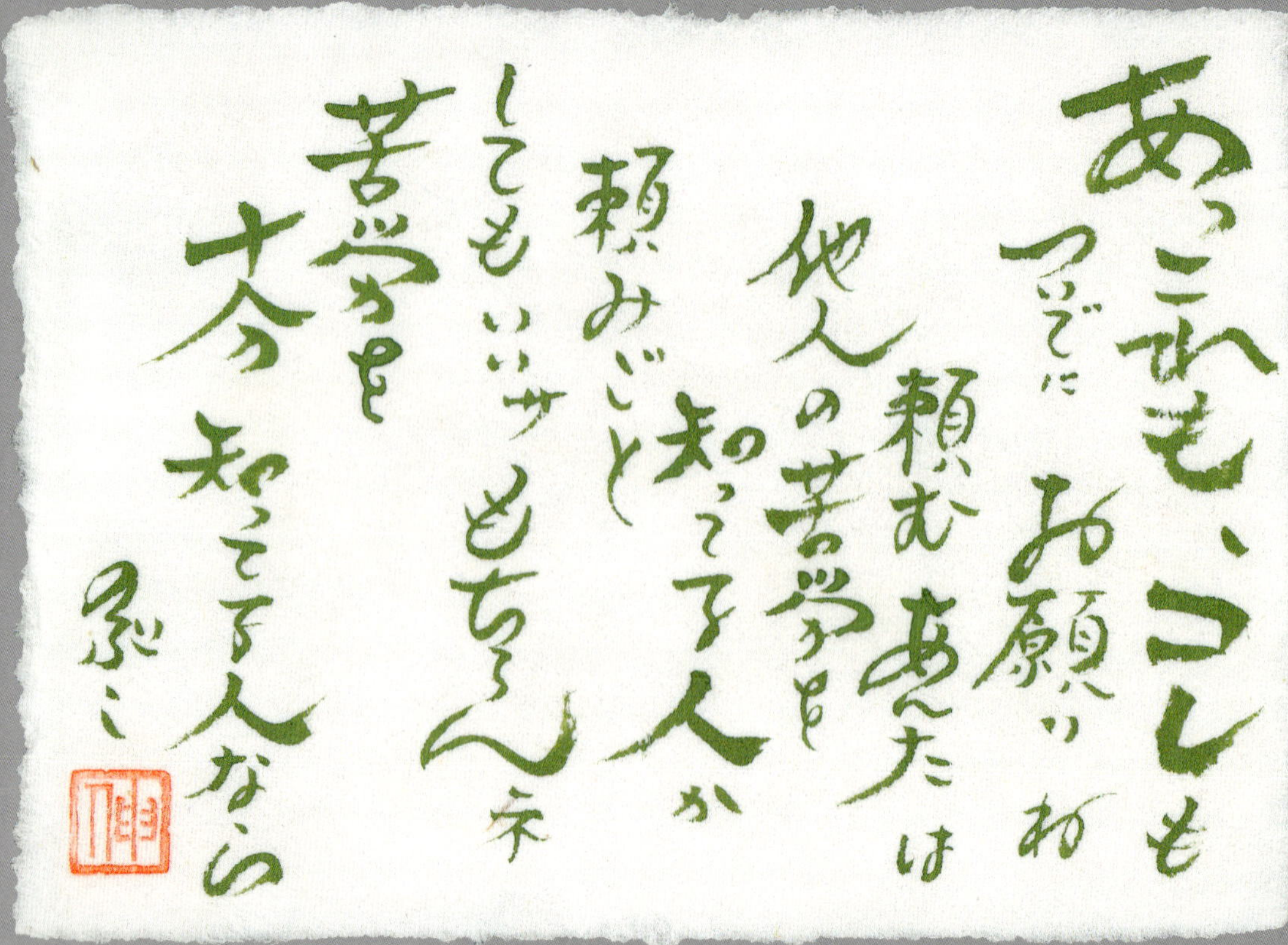
あっちもこっちも
ついでにお願いお
頼むあんたは
他人の苦労を
知ってる人か
頼みごと
してもいいサもちろんね
苦労を
十分知ってる人なら

やれるうち
やれることには
やると言え
やれぬうち
やれぬことには
やれると言うな
言葉に責任
持たせなよ

のぶさ

どーしたことだろ？
次からつぎへと
どんどん 出て来る
あわててやらなきゃ
ならない事を
わずらわしい と思っちゃいけない
やまない雨は無い
のと同じ
途切れてしまう
時が来るから
やるなら今、今。
のぶ・・

これだっ、これだ このカンジ
しばらく眠っていた感じ
みぞおち辺りが
ムジュむじゅしてる
今にも口から飛び出て来そうだ
よっしゃ〜 なんて
リキんだりして
まだまだ私もイケそうだ
おっと落ちつけ！
これからの本番 今からの大事
大爆走 失敗のモト
のぶさ

開かずとも 離れず
重たく冷たい鉄の扉戸
黙って ジッと押し続けて来た
だれが開けてくれたのか？
開き始めた 扉のすき間へ
オットト人ッイ
風に 身体が吸い込まれてく
入ってしまえば 夢の様
ついに かなった この願い
これまで、して来た、辛抱も
甲斐があったと言うものだ

知らなかったよ
これほど嬉しいものだったとは
頭ん中で理解してるだけだった
人に認めてもらって
実はこういう事なのか
ようやくジワ〜っと
からだん中で
トロケ始めた気がするぞ
のぶこ

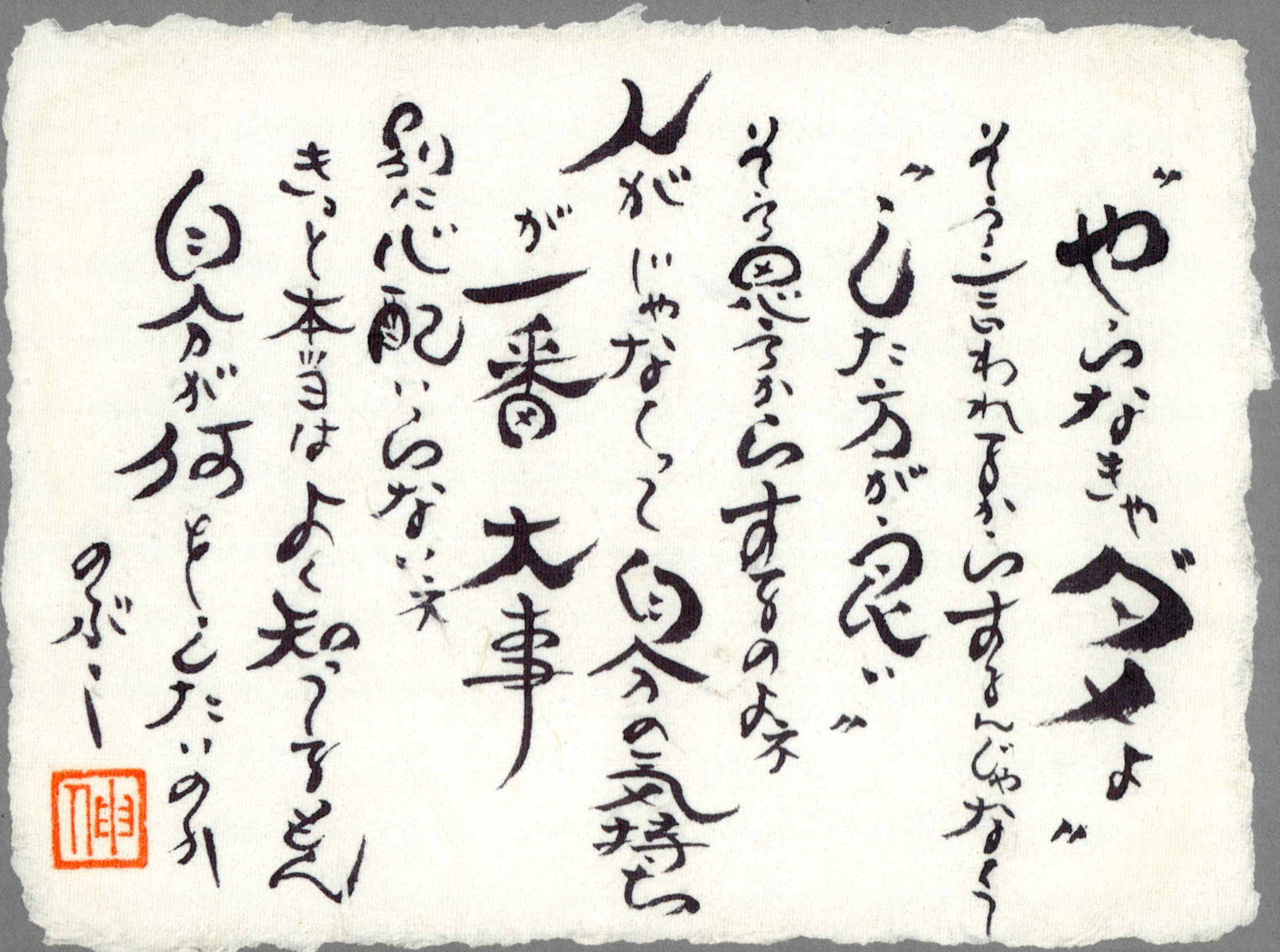
〝やらなきゃダメよ〟
そう言われてからするんじゃなくて
〝した方が良い〟
そう思ってからするのよネ
人がじゃなくって自分の気持ち
が一番大事
親心配いらないネ
きっと本当はよく知ってるもん
自分が何をしたいのか
のぶ一

ボチボチ　トコトコ
みちくさしながら
時には　そこらで　腰を降ろして
時間の流れに　声掛けを
〃あなたも　ここらで
休みませんか？〃
きっと時間は答えるだろう
〃実は私も疲れていたのよ。〃
時間の流れと手をつなぎ
一緒に旅ができたらいいのにと

のぶこ

涙を武器にしてはいけない!
ひきょうな涙は流すまい
涙は自分を成長させる
素直な涙は 素直な心で
枯れ果てるまで
流しましょう
その後心は透明になり
新たに感じる心が生まれる
また一つ
大きな自分が見えてくる
ぶい

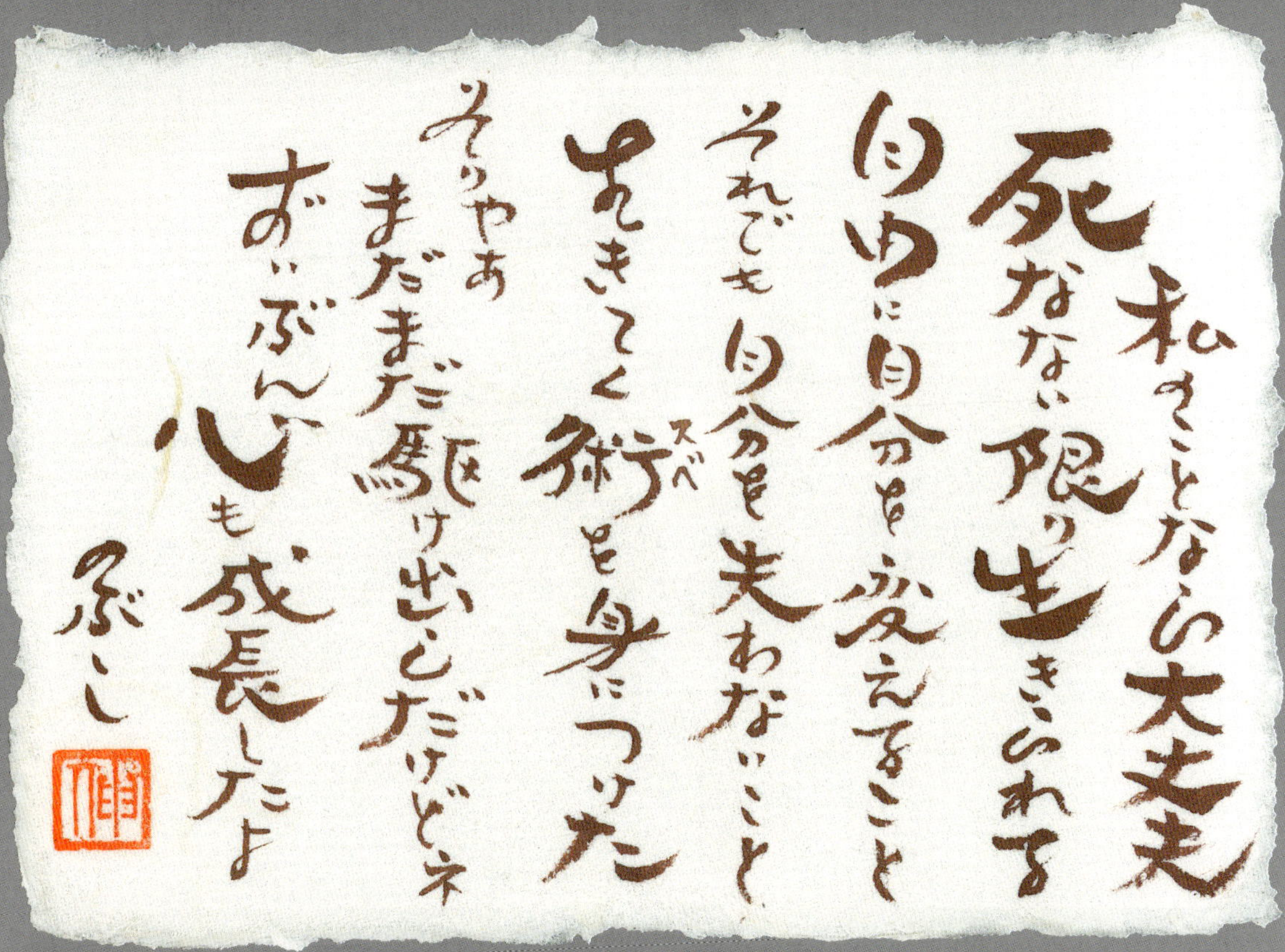
私のことなら大丈夫
死なない限り生きられる
自由に自分を変えること
それでも自分を失わないこと
生きてく術《スベ》を身につけた
そりゃあまだまだ駆け出しだけどネ
ずいぶん心も成長したよ
のぶし

鋭く尖ったごつい岩を
見て見ぬふりして
さらりとあなたは通り去る
何事も無かったように
ゆるやかに 時間と共に流れゆく
あなたの去った その後を
そっと 静かに 振り返る
そこには すっかり
カドを そがれた
ただただ丸い大きな岩が
ポツン と ひっそりたたずんでいた

のぶ、

ソッと一歩踏み出してみた
ソッと時間が流れた気がした
サッと一歩踏み出してみた
サッと時間が流れた気がした
カッカッ歩き始めたら
カッカッ時間が過ぎ去った
タッタカ走り始めたら
軽快だろうか
タッタカ時間は
過ぎるのだろうか
限りある命《いのち》の時間を
走っておきると言う事は
多くを得ると言う事なのか
それとも
走って死にゆくことか
多くを得てすぐ死ぬような
あんな人生…
まあいい、
私はボチボチ歩いてゆくさ
ぶーし

凝縮された
時間の中で
友に酔ひ
素敵な音色に囲まれて
どれほど価値ある時間
分かち合えた事だろう
ブルーな宵も
ポンポンとたたいてくれる友がいた
手を取り一緒に喜んでくれる友がいた
嬉しい時も　辛い時も
自分一人じゃない事を
やさしい笑顔と
手のぬくもりが
そっと私に教えてくれた
個性の花が咲くこの場所が
いつか心のふるさとに
なる日がきっとやって来る

互いの夢を語るには
まだまだ時間が足りないけれど
ひとまずここで飛びたとう
時が流れて
ふたたび出逢える日が来たら
その時 あなたの夢のつづきを
聞かせて欲しい
今と変わらぬ きらきらとした
まぶしい瞳で 語って欲しい
夢は 尽きることなく流れゆく
流されることなく
流れてゆこう 今この時を
輝いて…
夢と共に…
笑顔で再会する事を約束しよう
のぶこ

愛情りレー

言った途端に
答えを変えず
自分勝手な子供たち
でもそうやって
少しずつ
自分に合った
本当の答えを
自分で
見つけていくのよね…

ぶこ

いろんな子が居ていい
いろんな子が いた方がいい
そう思う
学校に 行きたい子がいて
学校に 行けない子がいる
いろんな子がいる
それでいい

ポコっと空いた あの子の机
受け取り手のない 配布物
"あの子 今日もお休みかな…"
積みあげられる 紙の山
"やっぱり あの子に 来て欲しい！"
結句 これが私の本音
矛盾している 私の心

のぶこ

嬉しい　と感じる時
目を見て
ちょこっと微笑んで
だまって うなづく
あなたを見た時

悲しい　と感じる時
"わかりました。" とだけ言って
サッサと
視線をそらされる時

ふさこ

心のきょりは
身体のきょり
しかもほど
からだのきょりが
近くなる
そんな関係が
私は好きだ

のぶこ

決して
器用な方じゃない
それでも人を
魅きつけてるのは
あなたの ただ ただ
ひたむきな
みんな姿が
人の心に響くから…
のぶ

澄んだ瞳と歌声に
グッと心が引き寄せられて
私も期待に応えてみたいと
ふつふつパワーがみなぎった
みんなの心が響き合い
素敵な時間と空間が
ギュッと我らを抱きしめた
めぐり会えたこのひとときを
深く心に刻み込む
またひとつ増えた私の宝物

のぶ

やらせなきゃ
やらせなきゃ って
思うのやめた途端にさ
不思議 だね
きゅ〜に
子供が
擦り寄って来た

のぶし

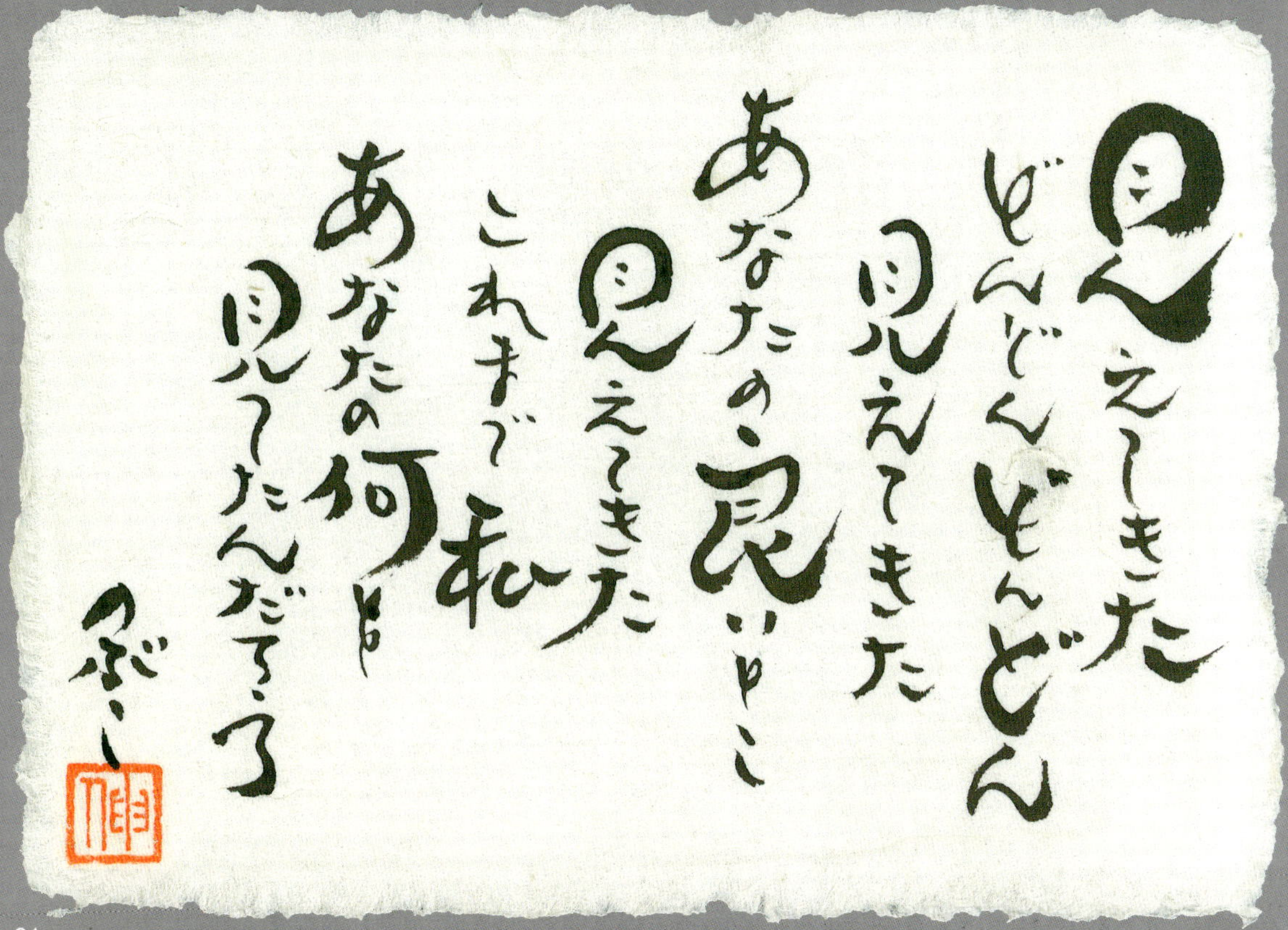
見えてきた
どんどんどんどん
見えてきた
あなたの良いとこ
見えてきた
これまで私
あなたの何を
見てたんだろう

オゲェ な
すげ〜な
おまえは オゲェ〜!!
いつも いっつも
そう 言って
おだてて おだてて
育ててくれた
あなたと 出会えて
ほんとに 良かった…

のぶし

先生ってさぁ
やっぱり
先生なんだよね
なんかこう…
なんて言うのか
結局いくつになっても
昔とおんなじ
あなたに認めてもらいたい!!
そんな気持ちにさせる人
のぶ〜

父ちゃんの法事があるから
母ちゃんに
最後かな
きれいなお着物
着せてやりたい
母ちゃんボケても女だもん
きれいなお着物 着たいでしょ
わかるかな
喜んでくれるといいな
電話 あなたは
無邪気にそう言った
あなたの娘は あなたの中の
娘心に涙した
のぶ

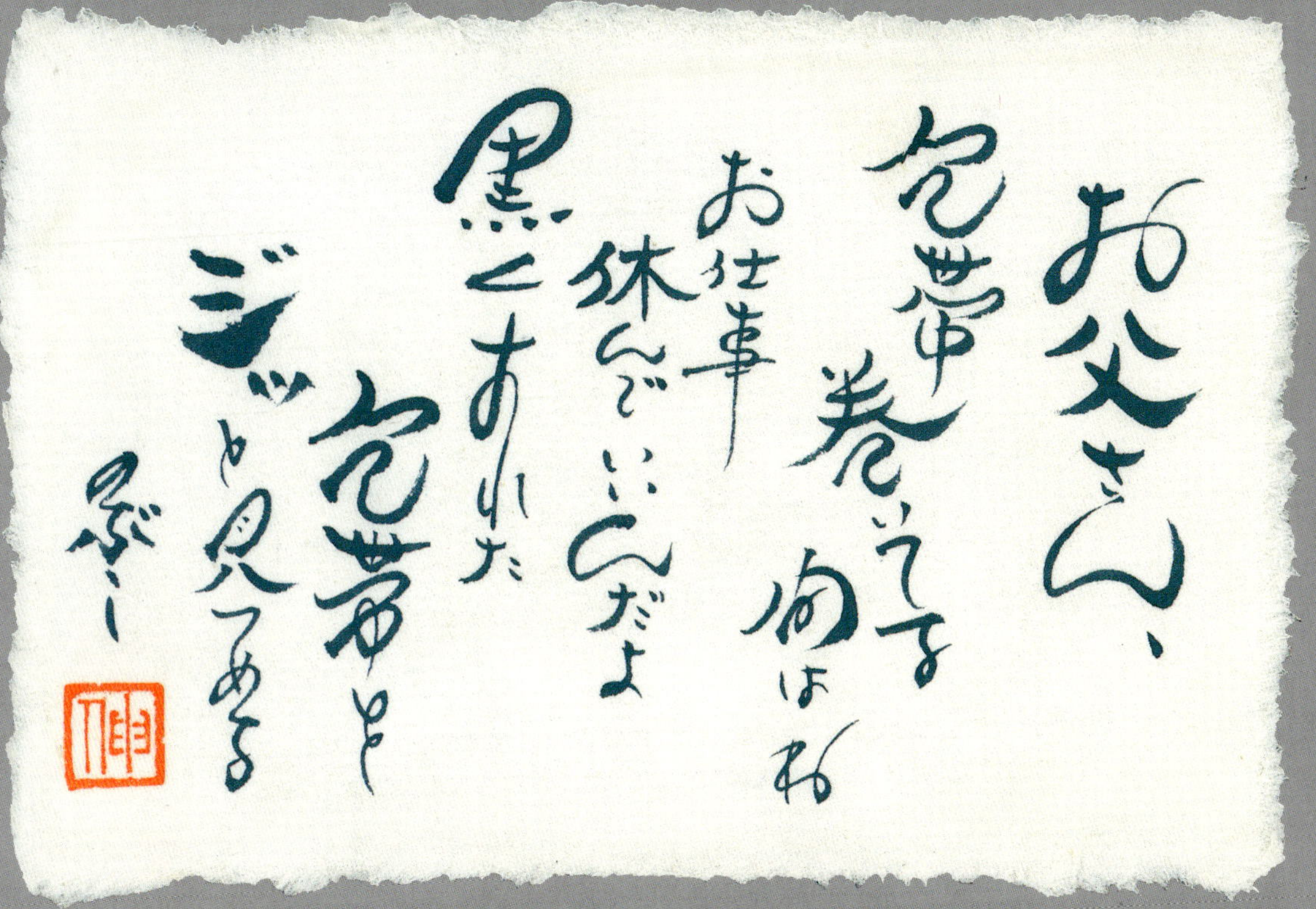
お父さん、
包帯巻いてる間はね
お仕事休んでいいんだよ
黒く汚れた包帯を
ジッと見つめる
のぶし

胸わくわくの宅急便
開けてビックリ何だコレっ?
半分減ってるかっぱえびせん
洗たくばさみで封をして
早速実家へ電話を入れる
「食べさしなんて入れんといてーや」
「私ばっかり食べてたら
何だか悪い気がしてネ…。」
一人暮らしで初めて知った
飾らぬ尊い母の愛

ふじこ

お父さんの
還暦を
祝う年が
来るなんて…
でも まだ 着せない
赤のベストは
似合わない

のぶこ

久しぶりの里帰り
お茶碗洗って
母に一喝！
"裏の汚れが取れてないじゃん！"
"母さん最近目が見えなくて…
ごめんね ちょっと洗っておいて"
素直に 謝り
頼む母
好きな時に出て行って
好きな時に帰る娘に
何言う資格があると言うのか

のぶし

整えても 整えても
形がよじれる
父の靴下
あなたの仕事の
あの量に
おしゃれな靴下
似合わない
丈夫で白い靴下を
買ってあげよう

のぶこ

小さい頃に
父に尋ねた事がある。
"どうしてみんなに目が茶色いの?"
父は笑ってこう言った。
"人にたくさん騙されたからだ"
鏡に向かって自分の目を見す
私も近頃
少しばかり茶色となった。

のぶこ

〝お父さん、
すり減ってるよ
足の裏〟
たまには
ゆっくり
休んでよ
子供は
ずいぶん
大きくなったよ

のぶー

"ただいまぁ〜"
とだけ言った
奥からふわっと
飛び出して
ぎゅ〜っと
私を
抱きしめた
ここが 私の帰る家
お金じゃ買えない
宝物

のぶ

ストーブ前に
ふた〜つお尻を
並べて正座
新聞読むのはお父さん
セーター編むのはお母さん
部屋には他にいくらでも
座る場所があるのにね
子にも譲らぬ
ふたりだけの指定席

ぶさ

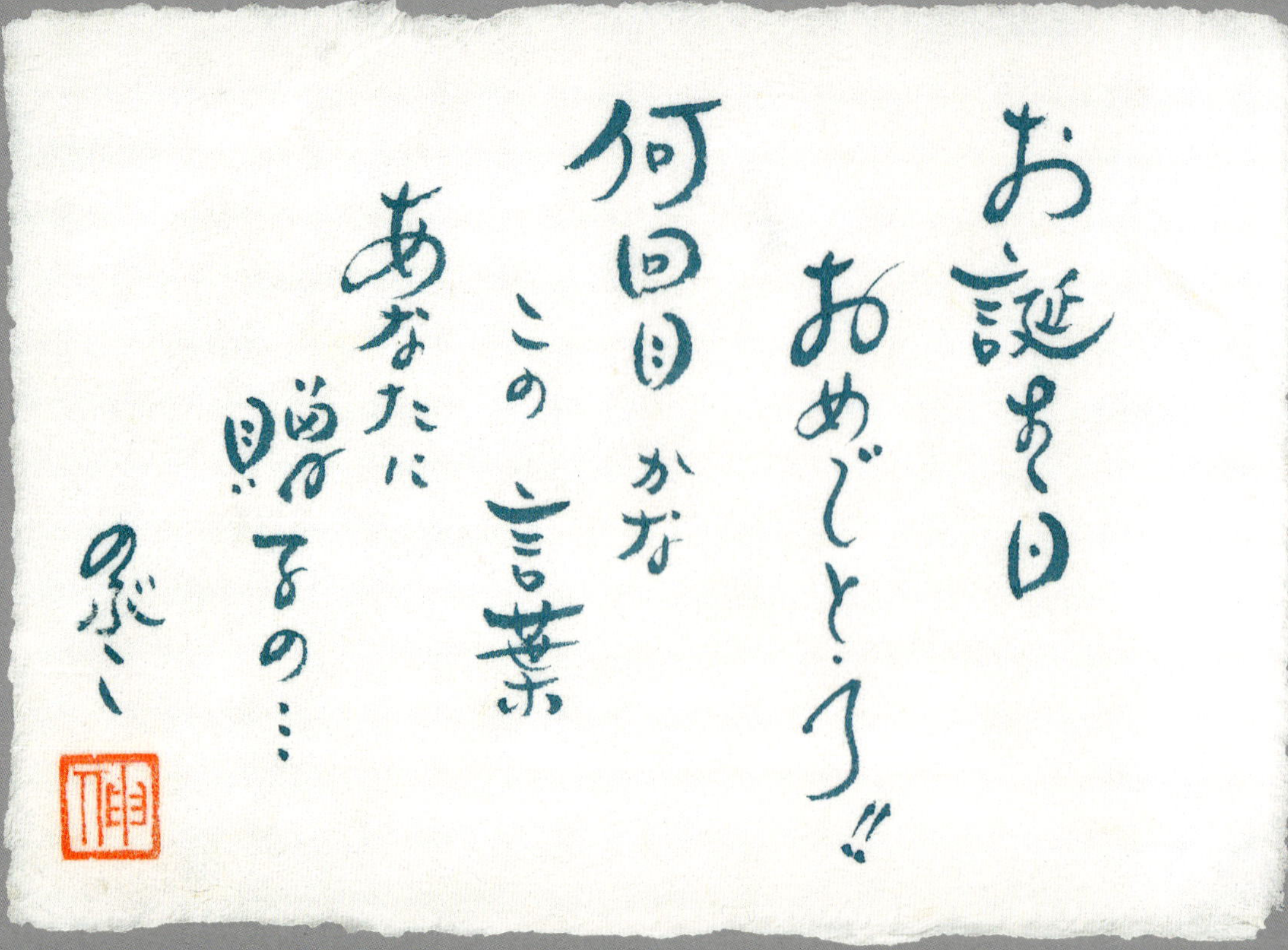
お誕生日
おめでとう!!
何回目かな
この言葉
あなたに
贈るの…
のぶこ

「明日は朝から
冷え込むでしょう。」
アナウンサーが
言っていました
無理せず身体
大切に
帰ってきたら
あったかいもの
食べようね

ぶこ

本当不思議
これってサ、何なんだろう？
「トゥルル　トゥルル…」
「やっぱりね、今まあなたじゃないか
ってお父さんと話してたとこ。」
トゥルル　トゥルル…
「あれっ、今ま電話しようと思って
受話器握ったとこだった。」
気持ちが呼んで、呼ばれてる、
よくわからないけど
これが親子の絆かな。
のぶ

著者プロフィール

海士部 伸子（あまべ のぶこ）

1968年、愛知県名古屋市に生まれる。
筑波大学大学院修士課程体育研究科修了。
1993年、名古屋市立南陽東中学校勤務。
1996年、青年海外協力隊体育隊員としてブータン王国へ派遣される。
現在、お茶の水女子大学附属高等学校勤務。

愛しのスーパーゴムボール

2002年10月15日　初版第1刷発行

著　者　海士部 伸子
発行者　瓜谷 綱延
発行所　株式会社文芸社
〒160-0022　東京都新宿区新宿1-10-1
電話　03-5369-3060（編集）
03-5369-2299（販売）
振替　00190-8-728265

印刷所　東銀座印刷出版株式会社

ISBN4-8355-4543-5 C0092